COMMANDANT HARRY !!
POURQUOI LE CHEF INSISTE-T-IL POUR Y ALLER SEUL !?!
NOTRE RÔLE À NOUS, LES "DOUZE APÔTRES" EST DE SOUTENIR LES "COULEURS" !!!
SUR ORDRE DU VATICAN.
ON A RETROUVÉ...

...LA VRAIE "FILLE DE MARIE".

CHROME BREAKER VOL.1

Presented by Chaco Abeno

C O N T E N T S

Now and time begin to move again...

MON SEIGNEUR.
LA FILLE EN QUESTION... ON A RETROUVÉ LA FILLE QUI POSSÈDE LES STIGMATES.

ON LA CROYAIT DÉCÉDÉE AVEC SES PARENTS LORS DE L'INCENDIE DE SANTA MARIA DEL FIORE IL Y A HUIT ANS, MAIS...
ON A DÉCOUVERT QU'ELLE SÉJOURNAIT DANS L'ÉGLISE SAINT BETHLÉEM AU JAPON SOUS LE NOM D'AKIRA NAGISA.
LA VIERGE MARIE... "SA RÉINCARNATION APPARAÎT LÀ OÙ LE SOLEIL SE LÈVE".
COMME LA PROPHÉTIE L'INDIQUAIT.
AKIRA NAGISA...
IL FAUDRA L'OBSERVER ET VOIR SI ELLE DEVIENT, POUR NOTRE ÉGLISE, L'ÉTOILE DE DAVID OU DE JUDAS...

QUI LA PROTÈGE ?
NOUS AVONS ENVOYÉ TESTAROSSA, LE "ROUGE" DES "COULEURS".
HA...

ゴオオオオオオオ
GOOOOOOOO
WA
WA
WA
NE PLEURE PAS...
NE PLEURE PAS P'TITE SŒUR.
MAIS...
TOI AUSSI, TU VAS PARTIR SANS MOI, NON ?
COMME MA MÈRE ET LES AUTRES.
ゴオオオオオ
GOOOOOO
TE PROTÉGER.
HEIN ?
WA
JE TE PROTÈGERAI.

...VRAI-
MENT ?
MEURS !

はっ
HAA
Chun
....
Chun
HAA
Chun
HAA
ENCORE ...
ぎゅっ
GYUU
CE RÊVE.
... POURQUOI JE FAIS LE MÊME RÊVE CHAQUE NUIT ?
GISHI...
JE NE SAIS PAS POURQUOI, MAIS...

"MEURS !"
CE GARÇON AVEC LES YEUX VERMEILS...
POURQUOI A-T-IL LE REGARD SI TRISTE ?...
NON...
J'AI L'IMPRESSION QUE ÇA DEVIENT ENCORE PLUS FONCÉ...
JIIIIII
CETTE TACHE.
ÇA VA POSER UN SOUCI À LA PISCINE ...

FLAP
PYUUUU
KURUZÔ !!
FLAP
DOON
BONJOUR TOUT LE MONDE !
FIUUU
BRR
BRR
FAIT FROID...
MAIS...
IL FAIT VRAIMENT BEAU, MERCI MON DIEU !!
J'AI ENVIE DE CHANTER.
GYO

ゴーン
GOON
QUEL BEAU CIEL BLEU !
ゴーン
GOON
スゥ
SUU

BOGÉÉÉÉÉÉN
......
......
DE TEMPS EN TEMPS... ON ENTEND CE SON DU SOMMET DE LA TOUR.
BOGÉÉÉÉÉÉÉ ÉN
ON DIRAIT LE CRI D'UN OISEAU QU'ON ÉTRANGLE. CE SON, QU'EST-CE QUE C'EST ?...
JE NE SAIS PAS...

FUU...
POOOO
FLAP
FLAP
EEH ?!
KURUZÔ ?! TOUT LE MONDE ?
POURQUOI VOUS VOUS ENFUYEZ ? ATTENDEZ !
TOC
TOC
BONJOUR MADEMOISELLE NAGISA.
JE VOUS AI APPORTÉ LE PETIT-DÉJEUNER.
SEISHIRÔ !
FUIP
MERCI BEAUCOUP.
CE N'EST RIEN, C'EST MON TRAVAIL.

EH ?
ZUUP
HAA
AH …
SE… SEISHIRÔ ! TA MAIN…
HAA
VOUS SAIGNEZ …
PROBABLEMENT COUPÉE PAR LES SERRES D'UN OISEAU.
AH…
SIC
AH… MAIS CE N'EST QU'UNE ÉGRATIGNURE.
COMMENT FEREZ-VOUS SI CELA VENAIT À S'INFECTER ET QUE LA BLESSURE S'AGGRAVE ?
MLLE NAGISA, VOUS DEVRIEZ FAIRE UN PEU PLUS ATTENTION À VOTRE CORPS.
VOUS ÊTES LA MESSAGÈRE QUE NOTRE ÉGLISE A ATTENDU DEPUIS L'ANTIQUITÉ…

"LA FILLE DE MARIE"
SEISHIRÔ, TOI AUSSI, TU ME TRAITES COMME QUELQU'UN DE SPÉCIAL.
POURTANT...
QUAND ON ÉTAIT PETITS, ON S'AMUSAIT NORMALEMENT.

RIEN N'A CHANGÉ...
MA SEULE MISSION A TOUJOURS ÉTÉ...
DE VOUS PROTÉGER, MLLE NAGISA.
LA PREUVE DE LA RÉIN-CARNATION DE LA "VIERGE MARIE" DE LA PROPHÉTIE...
LES "STIGMATES DE LA SAINTE CROIX"...
LA PERSONNE MARQUÉE POSSÈDE CETTE "FORCE MIRA-CULEUSE" POUR AFFRONTER LE DÉMON...
MAIS JE N'AI PAS UNE TELLE FORCE...
ZAAA

YHo!!
LA DEMOISELLE QUI CHANTE FAUX N'A PAS CHANGÉ !
FLAP
FLAP
HAHA
J'AI FAILLI MOURIR CAUSE DE CES OND SONORES BIZARRE
REVIENS À TA PLACE ET ROMPS L'INVOCATION !
SHUUU
...TU M'EN DEMANDES TROP, LÀ !
FUIP
LA FILLE DE DIEU...

ITALIE, TOSCANE
GOGOGOGO
ARRÊTE !
KA
KA
KA
TU ATTAQUES CE LIEU EN SACHANT QUE C'EST UNE ÉGLISE SOUS LE CONTRÔLE DIRECT DU VATICAN ?
VOUS ÊTES...
DES "COULEURS" ?
QU'EST-CE QUE TU RACONTES ?...
ZUT, MAUVAISE PIOCHE...
ZU
ZU

ALORS MOURREZ !!!
DON
"LA FILLE DE MARIE" D'ICI ÉTAIT AUSSI UNE FAUSSE !!!
QU'EST-CE QU'ILS FABRIQUENT AU Q.G. ?! J'EN AI MARRE D'AVOIR DES INFOS FANTAISISTES !!!
URRL
......
URRL
POURQUOI LES PÈRES SONT...
QUI ÊTES-VOUS ?...
CET EMBLÈME EST CELUI DE LA FONDATION TIAMAT...

EXACT !!
MAIS C'EST DOMMAGE. CAR SI TU NE T'EN ÉTAIS PAS APERÇU, TU NE SERAIS PAS MORTE.
AH...
GOOOOOOOOO
JE PENSAIS M'AMUSER UN PEU PLUS...
QUE LES HOMMES SONT FRAGILES !
TU NE T'ENNUIERAS PAS LA PROCHAINE FOIS !
TAP
GRANDE SŒUR !!
HEUREUSEMENT LE COMMAN-DEMENT VIENT DE NOUS DONNER UNE NOUVELLE AFFECTATION.

IL SUFFIT DE LES LAISSER S'ASSEOIR SUR LA CHAISE EN VERRE.
HA
C'EST VRAI.
FUFU
ALORS C'EST QUOI LA PROCHAINE DESTINA-TION... ?
LE JAPON...
FLAP
FLAP
FLAP
FLAP
FLAP
FLAP

KI
BATAN
AKIRA, FAIS ATTENTION À LA MARCHE.
AH... OUI.
KYAAAA
SEISHIRÔ
BIKU
NOOON.
J'AI TROP DE CHANCE, AUJOUR-D'HUI.
C'EST AMAKU-SA DU LYCÉE !!
HISO
IL EST TROP BEAUUU !
HISO
IL EST AUSSI BEAU DE TÊTE QUE DE CORPS ET C'EST UN DES MECS LES PLUS INTELLIGENTS DU PAYS, C'EST PAS JUUUSTE !
HISO
JE VIENDRAI TE CHERCHER JUSTE APRÈS LES COURS.
JE PEUX RENTRER TOUTE SEULE...
NON, JE NE VEUX PAS QU'IL T'ARRIVE QUOI QUE CE SOIT.

PISHI
......!!
......
C'EST QUOI CETTE FILLE ?
TIENS... NAGISA AKIRA DU COLLÈGE.
MUKAA
QU'EST-CE QU'IL FICHE AVEC UNE GAMINE PAREILLE !?!
HA
IL EST GENTIL AVEC TOUT LE MONDE ALORS ELLE DOIT SE FAIRE DES IDÉES.
JE VOUS SALUE, MARIE PLEINE DE GRÂCE.
LE SEIGNEUR EST AVEC VOUS...
CLAP
CLAP
BIEN, COMME VOUS LE SAVEZ TOUS, CETTE CHANSON, "JE VOUS SALUE MARIE"
SERA LA CHANSON DE L'OFFICE DE NOËL DE NOTRE ÉCOLE DE LA FIN DE LA SEMAINE PROCHAINE.
ALORS RÉPÉTONS CE COUPLET DEPUIS LE DÉBUT.
HAA
SEISHIRÔ DIT QUE JE SUIS "LA FILLE DE MARIE", MAIS...
JE NE PENSE PAS ÊTRE LA RÉINCARNATION DE LA PERSONNE DONT PARLE CETTE CHANSON...
PARCE QUE JE SUIS...

PARCE QUE MOI ET AMAKUSA...
NYU
SOMMES AMOUREUX ?
N'EST-CE PAS ?
SHI
AKIRA !!
VOUS ME FAITES PEUR, HATOKO ET KAËDÉ.
KYAAA KYAAA
NE SOIS PAS GENÉE.
TU SORS AVEC LUI, HEIN ? AVEC LE FAMEUX AMAKUSA ?!
EH
AWA
EH
C'EST UN MIRACLE POUR AKIRA ! AVEC L'IDOLE DU LYCÉE !
NON ...
DEPUIS QUAND ?
ISHIRÔ ST UN AMI D'EN- ANCE...
HUM, C'EST ÇA.
ELLES LE SAVENT BIEN, MAIS ELLES AIMENT BIEN SE MOQUER DE MOI.
AHAHA
DÉSOLÉE.
ÇA NOUS AMUSE.
DÉSO- LÉÉÉÉ.
SHRRR
TIENS ...
POURQUOI PORTES-TU TOUJOURS CETTE MONTRE CASSÉE ?

CECI...
CETTE MONTRE EST...
L'UNIQUE CHOSE QUI ME RELIE À MA FAMILLE...
KYU
ELLE M'EST TRÈS CHÈRE...
UN CADEAU TRÈS IMPORTANT D'AMAKUSA, C'EST ÇA !?!
KYA-
NON...
C'EST UN SOUVENIR DE MA FAMILLE !!!
HAA
STUPIDE.
SHII
IIN
PIKI
NIKO
MLLE NAGISA.
AHA
AHA
AHAHAHA
OUI...
DANS MON BUREAU APRÈS LES COURS !
TU AS ÉTÉ TROP LOIN. TU VAS DEVOIR T'EXCUSER.
KOSO
ACHA

BATAN
EXCUSEZ-MOI.
……
AUHH
LA PROF EST CRUELLE.
JE DOIS COPIER TRENTE FOIS UN POÈME.
UUH
JE TE MAUDIS, HATOKOO...

IL VAUT MIEUX FAIRE ATTENTION.
HEIN ? J'AI EU L'IMPRESSION DE CROISER QUELQU'UN.
KACHI
......!
MA MONTRE FONCTIONNE ? POURTANT ELLE N'A JAMAIS MARCHÉ.

GOOON
GOOON
KYAAA
AH SEISHIRÔ, MERCI POUR TOUT CE QUE TU FAIS POUR NOUS.
VEUILLEZ DISTRIBUER LES PROGRAMMES POUR LA FÊTE DE NOËL DE DEMAIN, S'IL VOUS PLAÎT.
OUIII
VOUS FAITES MERVEILLEUSEMENT LE TRAVAIL DE SUPPLÉANT DU DIRECTEUR.
NON... MAIS C'EST JUSQU'À CE QUE KYÔKO REVIENNE.
DON
VOUS VOULEZ QUE J'ARRÊTE DE PROTÉGER MLLE AKIRA !?!
C'EST MOI...
QUI L'AI PROTÉGÉE CES TROIS DERNIÈRES ANNÉES.
J'AIMERAIS BIEN CONNAÎTRE VOS RAISONS À CELA.

IL S'AGIT D'UNE DÉCISION DU VATICAN.
DÈS À PRÉSENT, LE MEMBRE DES "DOUZE APÔTRES", AMAKUSA SEISHIRÔ, EST RÉVOQUÉ DU POSTE DE GARDIEN.
LE NOUVEAU GARDIEN VA ARRIVER. C'EST UN AGENT ENVOYÉ PAR LE SAINT SIÈGE.
C'EST COMPRIS ?
JE NE SUIS PAS D'ACCORD... !
PIKU
BASA
BASA
ZU
ZU
ZU

KUSU
KUSU
KUSU
VOUS N'ÊTES PAS HUMAINS...
SORTEZ ...
DE CETTE ÉGLISE IMMÉDIATEMENT.

TU ES EFFRAYANT QUELLE BARBARIE !
KUSU KUSU
TU AS RAISON, GRANDE SŒUR, QUELLE BARBARIE !
POURTANT NOUS SOMMES TES REMPLAÇANTS.
GO
"LA FILLE DE MARIE."
GO
JE N'AI PAS L'INTENTION DE PARTICIPE À VOTRE MASCARADE.
GO
ELLE EST LÀ, N'EST-CE PAS ?
PERO
CACHÉE QUELQUE PART.
GO
VOTRE PETITE PRINCESSE.
GO

!?
FUUU
NON... !?!
ELLE S'EST ENVOLÉE !?!

CHU
J'AIME BIEN LES PREMIERS DE LA CLASSE, COMME TOI.
DOMMAGE QUE JE N'AI PAS LE TEMPS.
DAN
SALUT !
ZAAA
HEY TOI, ATTENDS ... !

SUU...
NE DÉTOURNE PAS LE REGARD. C'EST MOI, TON ADVERSAIRE !
HAHA
!?
HO...
BISHA

INTÉRESSANT !! C'EST LA PREMIÈRE FOIS QU'UN HOMME ESQUIVE MA PREMIÈRE FRAPPE !
KU
BUSHU
MAIS...
ZU
SHA
SHA
ZU
POURRAS-TU ÉVITER LA DEUXIÈME... ?
....
GIRI
MONSTRE !

KIIN
KOOON
KAAAN
SEISHIRÔ EST EN RETARD ...
QU'EST-CE QU'IL FAIT ?
CHARI
AH... ? ELLE NE BOUGE PLUS.
J'AI DÛ FAIRE ERREUR CE MATIN.

KYA...
ZUN
GOGOGOGOGOGO
QUE SE PASSE-T-IL... ?
TAN
!!
LA CATHÉDRALE EST EN TRAIN DE BRÛLER... ?!
HYU
NOUS SOMMES VENUS TE CHERCHER.

NAGISA AKIRA... ENFIN.
"LA FILLE DE MARIE"...
COMMENT SAIS-TU... ?
ET QUI ES-TU... ?
TU ES COMME AU "PARADIS" DANS CETTE ÉCOLE, N'EST-CE PAS ?
UNE VIE TRANQUILLE ET ORDINAIRE... UN SEMBLANT DE NORMALITÉ.
AIS POURTANT, U SAIS QU'AU FOND TU ES "DIFFÉRENTE". QUELLE PITIÉ !

スッ
FUIP
JOLIS CHEVEUX.
J'AIME CE QUI EST JOLI.
VIENS AVEC NOUS.
TU ES L'ÉLUE.
LE MONDE POURRAIT ÊTRE À TES PIEDS SI TU LE SOUHAITAIS !!!
NON !
ARRÊTE !
"LA FILLE DE MARIE" A AUTANT DE VALEUR !!!
SEISHIRÔ !!!

AH, IL S'APPELAIT SEISHIRÔ ?
DON
IL M'A FAIT PASSER LE TEMPS.

CE N'EST PAS VRAI…
C'EST IMPOSSIBLE…
GO
SEISHIRÔ !!
SEISHIRÔ !!
TIENS BON…
TIENS BON.
UH…
KAIRU, TU NE LUI AS PAS DONNÉ LE COUP DE GRÂCE.

QUE FAIS-TU ?
C'EST MOI QUE VOUS VOULEZ, NON ?
SEISHIRÔ N'A RIEN À VOIR LÀ-DEDANS.
LAISSEZ-LE EN PAIX.
SI TU ES LA VRAIE "FILLE DE MARIE", TU PEUX LE SOIGNER, N'EST-CE PAS ?
......
UN MIRACLE...
JE N'AI PAS UN TEL POUVOIR.. !!
KYAAAAA
BIRI
BIRI

!!
GA
SI C'EST VRAIMENT ELLE, ELLE SERA SAUVÉE !!!
GIRI
...
!?
BUCHI
BUCHI
BUCHI
ESSAIE DE LA TUER, NON ?
KUSU
KUSU
GO
KYAAA

PARIN
!?
ZAAA
!!

LES YEUX VERMEILS...
COMME DANS MON RÊVE...

TAN
QUE JE FAIS TOUT LE TEMPS...
LA MÊME SCÈNE...
UN GARÇON AUX YEUX VERMEILS.
ET LORSQU'IL BRAQUE SON PISTOLET SUR MOI, IL DIT...
"JE VAIS TE TUER"

!?
PITA
C'EST...
DIFFÉRENT...?
INTÉRES-
SANT...
KU
KU
KU
LA "CROIX
RENVERSÉE"
SUR SON DOS !!
DES ASSASSINS
D'HOMMES TRÈS
INFLUENTS...
UNE ARMÉE SOUS
LA COUPE DU
VATICAN !! UNE
ORGANISATION
QUI COMBAT LES
DÉMONS !!!
LA CROIX DE
SANG DES
"COULEURS"
!!!
AHAHAHAHA !
INTÉRESSANT
!!!

EN GARDE !!!
ス
SU
ÇA VA TA JOUE ? TU N'AS PAS TROP MAL ?
NYU
HEY!!
LA DEMOISELLE QUI CHANTE FAUX, RECULE, C'EST DANGEREUX !
KYOTON
HEIN ?
JE NE T'AI PAS AUTORISÉ À L'OUVRIR.
HIÉÉÉ
JE RÊVE.
KURUZÔ EST UN GANT ?! ET IL PARLE... ?!
T'ES TROP SÉRIEUX TOUT LE TEMPS !!!
HAHAHA

ZA
ALLONS-Y.
AH... TIENS.
ATTENDS, QUI ES-TU... ?
TAKAGI CHROME.
BA
CHROME...

GOGA
QUI EST CE GARÇON... ?
PARA...
ET...
POURQUOI MON CŒUR ME FAIT-IL MAL ?
TOKUN

GA
GA
AHAHA HAHA-HAHA
PAS MAL !! TU ARRIVES À SUIVRE LE RYTHME.
CETTE FOIS, TU LÈVES LE SCEAU ?
KAIRU !! CE N'EST PAS UN JEU.
JE SAIS, GRANDE SŒUR.
SUTA
......

DON
!?
TU L'AS EU ?
ZAA
AHAHA-HAHAHA-HAHA HAHA-HA !!
MEURS !!!
DON
HAHAHA !

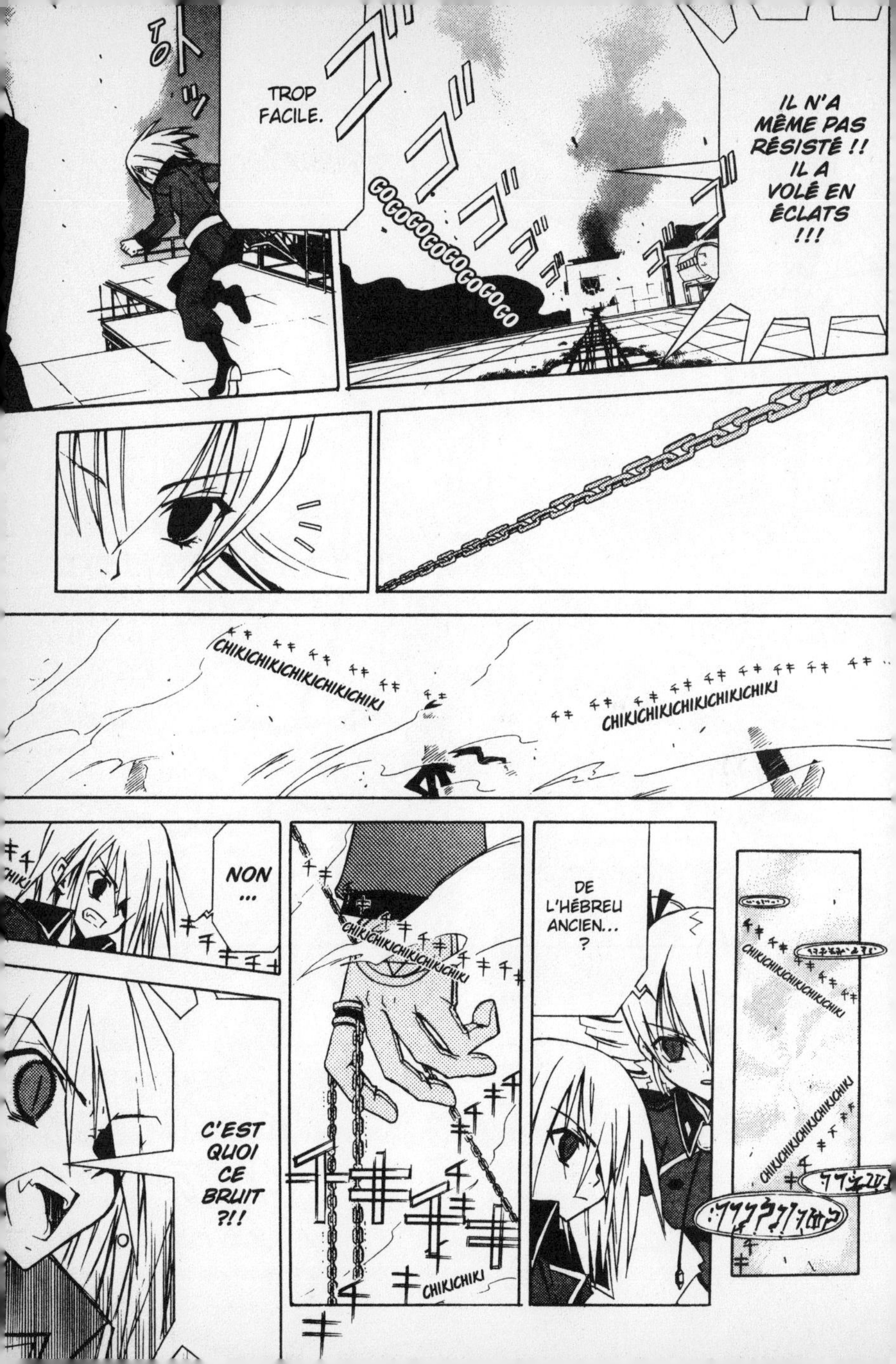
TO
IL N'A MÊME PAS RÉSISTÉ !! IL A VOLÉ EN ÉCLATS !!!
TROP FACILE.
GOGOGOGOGOGOGOGO
CHIKICHIKICHIKICHIKICHIKI
CHIKICHIKICHIKICHIKICHIKI
NON ...
C'EST QUOI CE BRUIT ?!!
CHIKICHIKICHIKICHIKICHIKI
CHIKICHIKI
DE L'HÉBREU ANCIEN... ?
CHIKICHIKICHIKICHIKICHIKI
CHIKICHIKICHIKICHIKICHIKI

Ô TOI, DU FOND DE LA TERRE...
GO
NOUS SCELLONS UN PACTE AVEC LA MORT.
OK!! CHROME!!!
LE SCEAU EST LEVÉ !

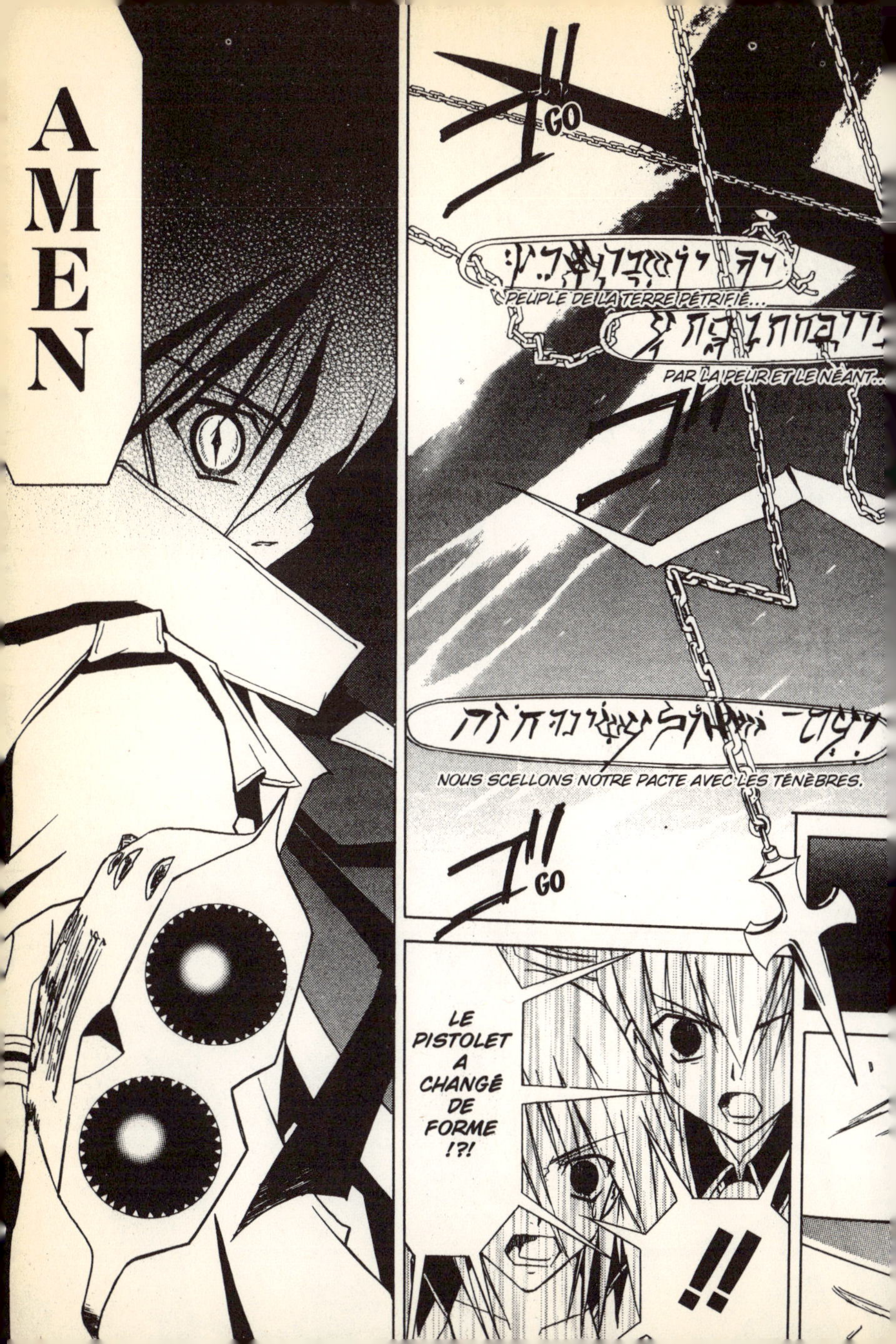
GO
PEUPLE DE LA TERRE PÉTRIFIÉ...
PAR LA PEUR ET LE NÉANT...
NOUS SCELLONS NOTRE PACTE AVEC LES TÉNÈBRES.
GO
LE PISTOLET A CHANGÉ DE FORME !?!
!!
AMEN

A LUMIÈRE
NOIRE... !?
C'EST IMPOSSIBLE.
IL FAIT COMME...

GOA

HAA
シュウ
SHUU
SHUU
シュウ
PAN
パ
MISSION ACCOMPLIE.
PAN

SEISHIRÔ ?
IL EST SORTI DES SOINS INTENSIFS AUJOURD'HUI.
MAINTENANT, IL EST DANS UNE CHAMBRE NORMALE.
HO
BATAN
Mange-les
as faim.

ELLE NE BOUGE PAS...
....

UN CANTIQUE... ?
À UNE HEURE PAREILLE ?
AH C'EST VRAI... DEHORS IL Y A DU BRUIT, MAIS...
AUJOURD'HUI C'EST NOËL.
CELA FAIT DÉJÀ UNE SEMAINE DEPUIS L'AUTRE JOUR.
JE N'AI PAS REVU CE GARÇON AUX YEUX VERMEILS, DEPUIS...

J'AIMERAIS BIEN LE REVOIR...
ZAA
TOUT À L'AIR PLUS NORMAL CETTE FOIS.

JE SUIS OFFICIELLEMENT TON GARDE DU CORPS À PARTIR DE MAINTENANT.
PI
TAKAGI CHROME DES "COULEURS".
EH ?
POURQUOI PORTES-TU NOTRE UNIFORME ?
COMME LA DÉCISION A ÉTÉ PRISE RAPIDEMENT, JE VAIS VIVRE AVEC TOI POUR L'INSTANT.
!!
KAAAA
EEEEEH !
CE N'EST PAS POSSIIIIIBLE !
HI HI HI
ROP FORT !!! MADEMOISELLE QUI NE SAIT PAS CHANTER !
Bullet:01 END

CHROME BREAKER
Bullet: 02

JE M'APPELLE NAGISA AKIRA... 15 ANS.
J'AI ÉTÉ RECUEILLIE PAR L'ÉGLISE ET...
J'AI UN SECRET...
UNE TACHE EN FORME DE CROIX SUR LA POITRINE...
"LA RÉINCARNATION DE MARIE"...
LA PREUVE QUE JE SUIS "LA FILLE DE MARIE".
DEUX TUEURS À MES TROUSSES...
ARRIVENT À L'ÉGLISE.
JE VIVAIS PAISIBLEMENT JUSQU'À CE QUE...
SEISHIRÔ, QUI VOULUT ME PROTÉGER, SE BLESSA.
AU MOMENT OÙ JE CROYAIS QUE TOUT ÉTAIT FINI...
UN GARÇON EST VENU ME SAUVER.
UN MYSTÉRIEUX GARÇON AUX YEUX VERMEILS.

LONDRES, ANGLETERRE
L'ATTAQUE DE "LA FILLE DE MARIE" A ÉCHOUÉ...

CELA A FAIT BOUGER LES ANCIENS DE HAUT RANG.
C'EST POUR ÇA QUE L'AFFAIRE EST VENUE JUSQU'À MOI.
TU ES TRISTE PARCE QUE ÇA T'A GÂCHÉ TES VACANCES.
NON, JE COMMENÇAIS JUSTEMENT À M'ENNUYER À LONDRES.
TANT MIEUX.
CHA
LE CHAMP DE BATAILLE ME MANQUE.
TES HOMMES SONT DÉJÀ ENTRÉS DANS LE PAYS PAR MOSCOU.
PAR MOSCOU ? LA MISSION SE TROUVE AUTANT À L'EST ?
C'EST LE JAPON...

M... !
MUZU
MUZU
KUSHUN
FAIT FROID...
GORO
... ?
HOWA !
C'EST CHAUD ? QU'EST-CE QUE...
....
BOOO

WOUAAAAAH...
SES CILS SONT SI LONGS...
QU'EST-CE QUE JE REGARDE, MOI !?!
MAIS...
EH
EEEH
CE N'EST PAS VRAI !?!
GABA
GURU
GURU

GU
KYA...
AKIRA...
...!
BIKU

KYAAA...
...AA
A...
QU'EST-CE QUE TU FAIS DANS MON LIT !?!
BAFU
SSS
GUUU
BAFU
SORS D'ICI S'IL TE PLAÎT.
SSS
DÉSOLÉ, MADEMOISELLE QUI CHANTE FAUX, COMME IL FAISAIT FROID HIER...
NYU
ÇA, C'EST "KURUZÔ".
IL N'ARRIVE JAMAIS À SE RÉVEILLER.
HAHAHA
JE CROYAIS QUE C'ÉTAIT UN OISEAU COMME LES AUTRES, MAIS À MA PLUS GRANDE SURPRISE, IL EST AVEC CHROME ET EN PLUS IL PARLE.
MUKU
BIKU
HUM...
GONYO
ON NE PEUT PAS DORMIR DANS LE MÊME LIT MÊME SI NOUS VIVONS SOUS LE MÊME TOÎT.
GONYO

……
IL S'APPELLE "TAKAGI CHROME"… C'EST UN GARÇON MYSTÉRIEUX QUE J'AI RENCONTRÉ RÉCEMMENT.
IL PARAÎT QUE SON TRAVAIL EST DE ME PROTÉGER. NOUS N'AVONS PAS BEAUCOUP PARLÉ, MAIS JE NE PENSE PAS QU'IL SOIT QUELQU'UN DE MAUVAIS…
MÊME S'IL EST CHAQUE MATIN DANS MON LIT !?!
UH
UH
"L'ÉGLISE SAINT BETHLÉEM" M'A RECUEILLIE.
ON M'APPELLE "LA FILLE DE MARIE"…
LES GENS DISENT QUE JE SUIS LA RÉINCARNATION DE LA SAINTE VIERGE, MAIS J'AI DU MAL À LE CROIRE CAR…
UH
BONJOUR.
……
À CAUSE DE TOI JE VAIS ÊTRE EN RETARD POUR MON PREMIER JOUR.
T'AS PAS L'AIR DE BONNE HUMEUR, TOI !
DÉSOLÉE.
C'EST LE NOUVEAU SEMESTRE QUI COMMENCE…

J'AI OUBLIÉ DE LUI DONNER SON REPAS...
III - I
JE VOUS PRÉSENTE VOTRE NOUVEAU CAMARADE DE CLASSE "TAGAKI CHROME".
IL VIVAIT À L'ÉTRANGER JUSQUE LÀ ALORS ENSEIGNEZ-LUI LES COUTUMES JAPONAISES.

ENCHANTÉ.
C'EST PAS VRAI...?!
VOTRE PLACE EST...
LA DEUXIÈME EN PARTANT DU FOND, À CÔTÉ DE LA FENÊTRE.
HISO
IL EST MIGNON LE NOUVEAU.
HISO
IL EST UN PEU PETIT, MAIS...
HISO
IL EST PAS MAL.
COMME PAR HASARD... IL EST À CÔTÉ DE MOI.
SALUT, CHROME !
GATAN
HEIN ?
IL NE M'A PAS ENTENDUE ?

C'EST BIEN...
QU'ON SOIT DANS LA MÊME CLASSE, JE VAIS POUVOIR LE LUI DONNER.
SO
CHIRA
IL RESSEMBLE AU GARÇON DE MON RÊVE...
KIIIN
KOOON
KAAAN
KOOON

CHROME.
CE N'EST PAS POUR TE REMERCIER POUR LA DERNIÈRE FOIS, MAIS...
JE T'AI PRÉPARÉ TON REPAS.
....
NON MERCI.
KIPPARI
GAN
AH BON...
SASA
JE PEUX T'EMMENER AU SNACK SI TU VEUX.
FUU...

JE PENSE QUE T'AS MAL COMPRIS UN TRUC. LAISSE-MOI T'EXPLIQUER...
J'AI PAS ENVIE DE TRAÎNER AVEC TOI.
MON JOB, C'EST JUSTE DE TE "PROTÉGER".
QUAND ON EST À L'ÉCOLE, TU ME FICHES LA PAIX.
JE TE PROTÈGE JUSTE À L'ALLER ET AU RETOUR.

L'HUMAIN QUE TU CHERCHAIS DEPUIS TOUT CE TEMPS...
C'EST CETTE MEUF QUI CHANTE FAUX, PAS VRAI ?
T'ES SÛR DE VOULOIR LA JOUER COMME ÇA... ?

AAAKIIIRAAA
WAKU
U FU FU
WAKU
QU'EST-CE QU'IL SE PASSE !?!
TU LE CONNAIS, HEIN ?!
LE NOUVEAU !!
EH ?
BISHI
PAS LA PEINE DE FAIRE SEMBLANT DE NE PAS SAVOIR ! TOUT À L'HEURE TU PARLAIS TOUTE SEULE AVEC LUI.
ELLE RECOMMENCE...
T'AS DÉJÀ AMAKUSA !
T'AS UN MEC À CHAQUE BRAS !?!
JE SUIS JALOUSE.
EH !
C'TE FILLE !
NO... NON !...
?
ALORS QUOI ?
RRR...
"L'ÉCOLE SAINT BETHLÉEM", J'ÉCOUTE.
... ANNEXE DE L'HÔPITALE... JE SUIS RAVIE.
LE PRÊTRE KYÔKO EST ACTUELLEMENT EN DÉPLACEMENT...

……
C'EST MON JOB.
JE NE LE CONNAIS PAS BEAUCOUP… ON N'EST PAS TRÈS PROCHE.
AAAH, C'EST PAS DRÔLE.
TU T'ATTEN-DAIS À QUOI ?
PATAN
ALORS ÇA TE DIT D'ALLER AU FAST FOOD DE LA GARE EN RENTRANT ?!!
NON… JE DOIS ALLER À L'HÔPITAL…
À L'HÔ-PITAL ?
AKIRA.
IL EST À L'HÔPITAL ?
JE NE SAVAIS PAS.
OUI.
VOUS ALLEZ VOIR SEISHIRÔ AUJOURD'HUI AUSSI ?
OUI, JE VAIS PASSER EN RENTRANT…
J'AI UNE BONNE NOUVELLE.
SEISHIRÔ EST SORTI AUJOURD'HUI DE L'HÔPITAL.

IL FAUT QUE JE TE PARLE DE QUELQUE CHOSE.
DIS BONJOUR À AMAKUSA !!
BYE BYE

J'AI ACHETÉ UN CADEAU.
C'ÉTAIT UN PEU CHER, MAIS C'EST LE CADEAU DE SORTIE D'HÔPITAL DE SEISHIRÔ.
AH
JE SUIS SORTIE SANS DIRE UN MOT À CHROME...
......
"LA FILLE DE MARIE".
"LE GARÇON DE MON RÊVE"
IL Y A PLEIN DE CHOSES QUE JE NE COMPRENDS PAS EN CE MOMENT...
KYU
JE VAIS VITE RENTRER À L'ÉGLISE.

Hello!
Miss AKIRA

C'EST TOI L'AGENT DU SAINT SIÈGE !?!
GOOOO
....
J'AI LU LE RAPPORT DE "L'ASSEMBLÉE DES ANCIENS".
EN TANT QUE PRÊTRE DE "L'ÉGLISE SAINT BETHLÉEM"...
JE TE REMERCIE DE CE QUE TU AS FAIT LORS DE L'ATTAQUE DE L'AUTRE JOUR.

MAIS...
BA
"TAKAGI CHROME"
QUI ES-TU EXACTEMENT ?

DANS LE RAPPORT, IL Y A JUSTE ÉCRIT QUE TU AS "CONTRÉ LEUR ATTAQUE".
TA TECHNIQUE DE COMBAT N'ÉTAIT PAS STIPULÉE.
NI L'ARME QUE TU AS UTILISÉE.
CETTE HISTOIRE NE COLLE PAS !!
ALORS, COMMENT AS-TU RÉUSSI À LES REPOUSSER ?
JE NE PERMETTRAI PAS...
EN PLUS, ILS N'ÉTAIENT...
CLAIREMENT PAS HUMAINS !!!
QU'UN TYPE DANS TON GENRE S'APPROCHE D'AKIRA !!!
FUU...
IL ARRIVE AUX CHIENS LES PLUS FIDÈLES DE MORDRE LEUR MAÎTRE.

GI
ギッ
TOI... !!
HÉ !!
JE N'AI PAS FINI DE...
......?
IL Y A DES INTRUS.

KACHI
HELLO ! LES CHIENS DE GARDE !!
NOUS AVONS DÉJÀ PRIS "L'ÉGLISE SAINT BÉTHLÉEM".
AKIRA !?!

UNE ÉMISSION PAR HAUT-PARLEUR !!!
!?
JE RÉPÈTE, NOUS AVONS PRIS L'ÉGLISE.
DEPUIS LA CATHÉDRALE !?!
NOUS TENONS VOTRE CHÈRE PRINCESSE.
NOUS N'ABÎMERONS PAS CE PRÉCIEUX BUTIN.
CE DUEL DONT L'ENJEU EST "LA FILLE DE MARIE"...
NE CONCERNE QUE NOUS.

BATA
BATA
GOOON
VOUS AVEZ UNE HEURE, JUSQU'À CE QUE LA CLOCHE SONNE...
GOOON
GOOON
GOOON
GOOON
POUR REJOINDRE LA CATHÉDRALE. SINON, CE SERA LA FIN POUR VOUS.
GOOON
C'EST TOUT. BONNE CHANCE.
PU
....
JE N'AI PLUS LE TEMPS DE DISCUTER AVEC TOI.

PROTÉGER AKIRA EST MA MISSION !!
AU BOULOT.
!?
FAIS COMME TU LE SENS !
JE NE PEUX PAS TE LAISSER CETTE RESPONSA-BILITÉ !!!
TO

!?
NON... !
LES ENNEMIS ONT MÊME AMENÉ UNE VOITURE BLINDÉE.
GO
PUMA APC
COMMENT FAIRE ?
JAKI
CHIN

DON
!!
KIN
BAKIN
BASHA
GOGA

TA
PAS DE PROBLÈME.
GOGOGOGOGOGOGOGO
ILS S'ÉCLATENT BIEN.
ILS VONT ARRIVER ICI PLUS TÔT QUE PRÉVU.
NOUS DEVRIONS DESCENDRE POUR NOUS PRÉPARER.
DÉSOLÉ SI JE TE FAIS MAL.
PARA
PUHA !

C'EST MOI QUE VOUS VOULEZ, "LA FILLE DE MARIE", N'EST-CE PAS ?!
NE FAITES PAS MAL À SEISHIRÔ ET À CHROME, S'IL VOUS PLAÎT !
DO
JE VOUS EN PRIE ! ARRÊTEZ !
DON
DON
C'EST PLUTÔT EUX QUI FONT MAL À MES HOMMES...
POUR L'INSTANT.
DO
CETTE FOIS, CE N'EST PAS TOI QUE NOUS VOULONS...
FUUU
MAIS "EUX".
DO
DO

!!
FUIM
DOSA
HAA
HAA
HAA
GAKU
IL A DÉJÀ MIS À TERRE CINQ HOMMES.
C'EST INATTENDU POUR UN HUMAIN.
……

UH...
CHROME, ILS SONT...
......
GOOON
C'EST L'HEURE.
GOOON
EN EFFET.
GOBA
FUU
GOOON

PILE À L'HEURE.
TEST RÉUSSI.
À QUOI...
À QUOI JOUE-T-ON, EXACTEMENT ?
CHEF DE LA TROISIÈME DIVISION DES CROIX DE SANG.
COMMANDANT HARRY WISKIN !!
JAKI

CALME-TOI. JE TE DIS QUE VOUS AVEZ RÉUSSI LE TEST. C'ÉTAIT POUR JUGER VOS CAPACITÉS À TOI ET L'AUTRE MORVEUX.
C'ÉTAIT UNE "SIMULATION DE COMBAT".
ET PUIS...
C'ÉTAIT UN BON MOYEN DE TESTER MES HOMMES AUSSI.
SURTOUT EN COMBAT CONTRE UN "NON HUMAIN".
?
HAA
SI TU ME DIS "JE VEUX ME BATTRE", PUIS-JE ACCEPTER TON DÉFI AUSSI ?
CLICK

GUWA
KI
KA
KI
KI
KI
KI
C'EST FINI !
!!
TANTE
KYÔKO ? PRÊTRESSE !?!

UN TEST !?!
CETTE AFFAIRE ÉTAIT UN COUP MONTÉ !?!
BIEN SÛR QUE JE NE VOULAIS PAS VOUS TESTER DE LA SORTE, MAIS...
C'ÉTAIT POUR VOUS PRÉPARER AUX COMBATS À VENIR QUI SERONT DE PLUS EN PLUS DURS.
L'IDÉE VENAIT DU "SAINT SIÈGE"...
COMMANDANT HARRY, VOUS Y AVEZ ÉTÉ UN PEU FORT.
HA HA HA
DÉSOLÉ.

TU ES ENGAGÉ...
SEISHIRÔ !!
À CONDITION QUE... TU COMBATTES AUX CÔTÉS DE CHROME POUR LA PROTECTION D'AKIRA.
IL PEUT T'ENSEIGNER BIEN DES CHOSES.
......
IL EST... QUI EST-IL ?
... UN "CROIX DE SANG", L'ARMÉE CONTRÔLÉE PAR LE SAINT-SIÈGE.
IL EST LE COMMANDANT TAKAGI CHROME, PREMIER DE ROUGE "TESTAROSSA".

PARMI CES DIX MILLES HOMMES D'ÉLITE, SEULS SIX PORTENT UN NOM DE COULEUR ET FONT PARTIE DES "COULEURS"...
C'EST UN VÉRITABLE EXORCISTE !!!
"BIANCO" S'EST INQUIÉTÉ, MAIS...
FINALEMENT... IL EST DEVENU UN GARÇON BIEN.
JE CULPABILISE DE LUI IMPOSER DE RESTER AU JAPON.
DÈS À PRÉSENT, ILS VONT VIVRE UN IMPORTANT MOMENT DE LEUR VIE.
MAIS POUR CELA...
OUI...

IL FAUDRAIT QU'AKIRA AIT PLUS CONSCIENCE DE LA RÉALITÉ.
AH !
SASA
RENTRE, ROME ?
FUU...
JE VAIS MANGER...
ÇA.
EN FAIT...
J'AI FAIM MAINTENANT.
TRÈS BIEN !
ALORS JE VAIS PRÉPARER UN BON THÉ !!
JE NE BOIS QUE DU THÉ "W&M".
EH !!
Bullet:02 END

CHROME BREAK TIME 1

Premier
jet assez
convainquant.

Takagi Chrome
157 cm, 15 ans (supposition)

Un des héros. Ses traits de caractère sont : nihiliste, taciturne, insolent et qui a un côté petit frère. Au début, il n'avait pas autant d'accessoires comme son manteau rouge, les gants, la chaine, etc. Mais sous les conseils de grands noms d'Ace de l'époque, il a fini par avoir plein de choses. Maintenant, c'est un de mes personnages préférés (mais la chaine est ennuyeuse à dessiner, je remercie d'ailleurs mes assistants de toujours s'en occuper !!). Son air taciturne est difficile à rendre aussi... !! Même moi, l'auteur, je ne sais pas quand je pourrai le faire se lâcher un peu. Il a quand même été choisi par des personnes importantes de « la croix de sang » !

CHROME BREAK TIME 2

Nagisa Akira
153 cm, 15 ans

L'héroïne. J'ai réussi à la visualiser dans ma tête avant Chrome. Au début, elle devait être d'un caractère sombre et pessimiste à cause de son passé, mais quand j'ai vraiment commencé, de manière inattendue, elle est devenue insouciante et joyeuse... Son signe particulier est un grand ruban que je lui ai mis sur ordre de mon directeur.

MINISTRE SAIAS.
JE SUIS HONORÉ DE VOTRE INVITATION DE CE SOIR.
ÇA VALAIT LE COÛT QUE JE ME DÉPLACE.
MONSIEUR LE PREMIER MINISTRE, VOUS AVEZ BON GOÛT.
ON M'A DIT QUE VOUS ALLIEZ BIENTÔT PARTIR EN VOYAGE...
OÙ ALLEZ-VOUS ?
CELA ME FAIT GRAND PLAISIR...
ENFIN... C'ÉTAIT EN 1945... OU 46 ?...
EN DÉCEMBRE 1947, LORS DE L'OPÉRA ROYAL...
"LA TRAVIATA" DE SA GRAND-MÈRE ÉTAIT AUSSI TRÈS BELLE.

AU JAPON...
J'Y AI TROUVÉ QUELQUE CHOSE QUE JE CHERCHAIS DEPUIS LONGTEMPS.

CHROME BREAKER
Bullet;03

MINISTRE JAMES…
QUI ÉTAIT CE JEUNE HOMME ?
LE CHEF DE LA FONDATION TIAMAT.
BO
MALGRÉ SON APPARENCE, IL EST PLUS ÂGÉ QUE MOI.
VOUS PLAISANTEZ… ?
KATA
KATA
MONSIEUR LE MINISTRE… ?
JE SUIS UN NOUVEAU-NÉ PAR RAPPORT À LUI.
IL EXISTAIT AVANT MÊME WILLIAM I D'ANGLETERRE.

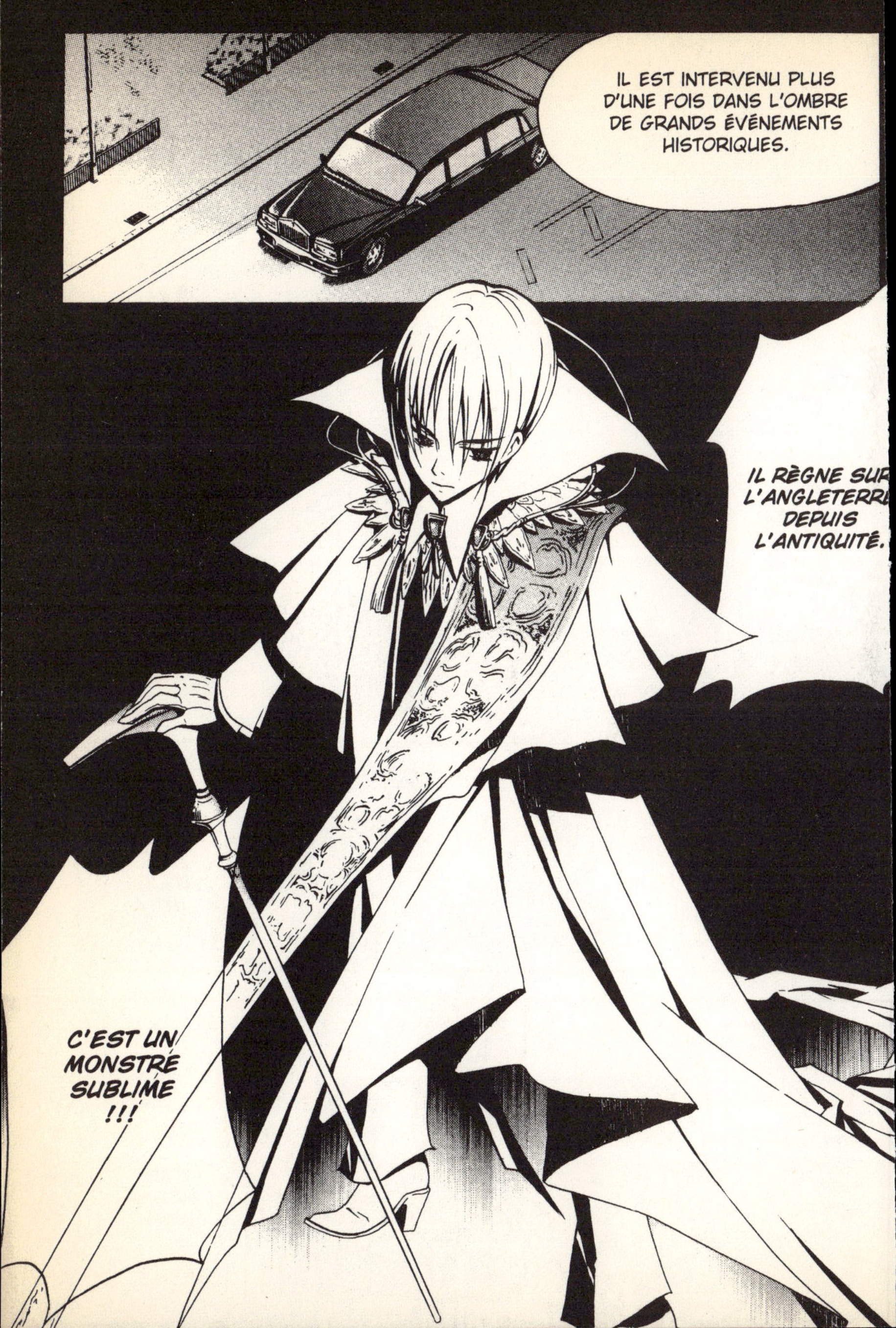
IL EST INTERVENU PLUS D'UNE FOIS DANS L'OMBRE DE GRANDS ÉVÉNEMENTS HISTORIQUES.
IL RÈGNE SUR L'ANGLETERRE DEPUIS L'ANTIQUITÉ.
C'EST UN MONSTRE SUBLIME !!!

5G DE... FEUILLES D'EARL GREY.
DOSA
VOILÀ.
UNE PINCÉE DE FEUILLES D'ABRICOT POUR PARFUMER.
SALUT !
C'EST NAGISA AKIRA.
RÉCHAUFFER LA TASSE PRÉALABLE-MENT...
FUM FUM
EN FAIT, JE SUIS EN TRAIN DE FAIRE DU BON THÉ, LÀ.

"POUR LE THÉ AU LAIT ROYAL, VERSER LE LAIT EN PREMIER".
DU LAIT FROID DIRECT.
DOPA
VOILÀ.
"ENSUITE, METTRE SUR LE FEU", AH, J DOIS METTRE DU LAIT AUSSI DANS LA CASSEROLE !?!
DU LAIT ENTIER SUR LE FEU.
DOPU
C'EST BON !!
GO
C'EST EXACTEMENT COMME DANS LE LIVRE !!
VOILÀ, ÇA VA ÊTRE DÉLICIEUX !!
OUI.
E EFF LA DER NIÈ FOIS
J'AI FAIT UN "THÉ NOIR" POUR CHROME, MAIS...
ÇA A L'AIR BON.
BON APPÉTIT.
HYOKO
...
BUBA
SUSU
ATTENDS, CHROME.
AAAAAH
JE NE SAIS PAS POURQUOI, IL NE L'A PAS AIMÉ...
MAIS CETTE FOIS, ÇA IRA !!
GOBO
DOKAAAN
KYAAAAA
GO
NA... !
HAWA
HAWA
POURQUOI... ?
FUE... ?

ÇA VA ?
MADEMOISELLE ?
SI ELLE AVAIT QUATRE OU CINQ ANS DE PLUS, J'AURAIS BIEN VOULU UN BAISER POUR ME FAIRE REMERCIER, MAIS...
HARRY.
LUI, C'EST HARRY.
JE L'AI RENCONTRÉ RÉCEMMENT.
ARAÎT QU'IL
T PARTIE DE
ARMÉE" DE
'ÉGLISE.
KYAAA
ÇA TE DIT UNE NUIT D'AMOUR ?
C'EST UN ADULTE... ?
'L A L'AIR GENTIL...
AKIRA !!

QUE SE PASSE-T-IL ! ?!
IL Y A DES INTRUS !?!
IL Y A EU UNE EXPLOSION DANS LA CUISINE !?!
BAN
MOWA
MOWA
BIKU
BIKU
EN FAIT, C'ÉTAIT...
LUI, C'EST SEISHIRÔ, UN AMI D'ENFANCE...
?
C'EST MON GARDE DU CORPS. IL EST COMME "MON FRÈRE".
ZUBA
LA DEMOISELLE A FAIT UNE ATTAQUE AU "THÉ NOIR ARMÉ".
HA... ?
PAS GENTIL... !
JE VOULAIS SEULEMENT FAIRE DU THÉ...
MLLE AKIRA, VOUS DEVRIEZ ÊTRE PLUS VIGILANTE CAR VOUS ÊTES TROP MALADROITE !!
ZUBA
GAAAN
SEISHIRÔ...
PU
KU KU KU...
COMMANDANT...
JE M'EN VAIS.
SON CHIEN DE GARDE EST ARRIVÉ...
JE PRENDS DU THÉ NOIR, OK ?
BYE
JE VOUS PRIE DE M'EXCUSER.
AH...
OUI...
....
C'EST QUI, LUI... ?
MU

....
ON DIRAIT QUE TU VEUX ME DIRE QUELQUE CHOSE.
ELLE N'A MÊME PAS CONSCIENCE DE CE QU'ELLE EST.
MÊME SI ELLE POSSÈDE "LA MARQUE SAINTE", IL N'Y A PAS EU DE "MIRACLE".
LE GROUPE DIT QU'IL FAUT LA SUPPRIMER.
TAKASÉ.
JE N'ARRIVE PAS À CROIRE QUE CETTE FILLE EST "LA FILLE DE MARIE".
ELLE EST SI BANALE...
TAKASÉ.
CE N'EST PAS NOTRE TRAVAIL DE RÉFLÉCHIR.
LAISSE DONC CES CORVÉES-LÀ À L'ÉTAT-MAJOR !!

JE VOUS PRIE DE M'EXCUSER...
CE N'EST PAS GRAVE.
ELLE POSSÈDE LA "MARQUE SAINTE" ALORS C'EST LA VRAIE.
CE N'EST QU'UN SENTIMENT, MAIS...
LA DEMOISELLE...
CACHE UN SECRET.

IL EST OÙ CHROME... LE THÉ VA REFROIDIR.
GOO...
GOOON
GOOON
GOOON
J'AI ENVIE QU'IL BOIVE DU BON THÉ !!!
GU
JE ME SUIS DONNÉE DU MAL !
FU

AH... !
CHROME !!

GOOON
!?
GOOON
KYA...
GOOON
きょとん
KYOTON
HEIN ?
...
KYORO
キョロ
KYORO
キョロ
C'EST PAS COOL,
LA PRINCESSE TE
CHERCHE, HEIN ?

HÊ CHROME, T'ES SOURD OU QUOI ?!
JE SUIS SÛR QU'ELLE T'A RECONNU !
T'ES AUSSI SYMPA QU'UNE PORTE DE PRISON !
LA PAUV' FILLE.
RESTE AVEC ELLE SI TU PRÉFÈRES.
NAN... !
KACHIN
MOI, J'TE CONNAIS PAS !!! GROS NAZE !!!
DÉSOLÉE DE VOUS AVOIR FAIT ATTENDRE, COMMANDANT HARRY.

DÉCIDÉMENT, SŒUR KYÔKO, TOUT VOUS VA COMME UN GANT.
OH, MERCI.
MAIS JE LE SAVAIS DÉJÀ.
ÇA TE DIT QU'ON SE RETROUVE À L'HÔTEL LA PROCHAINE FOIS...
"AU RESTO"
IMBÉCILE !
BAKI
HO HO HO HO
BON, ALLONS DROIT AU BUT... VOTRE RAPPORT.
TAKASÉ.
LES CHOSES NE S'ARRANGENT PAS POUR "NAGISA AKIRA".
LORS DE LA DERNIÈRE A.G. DU VATICAN...
CEUX QUI CLAMENT QU'IL FAUT VÉRIFIER LA LÉGITIMITÉ DE "LA FILLE DE MARIE" ONT REMPORTÉ LA MAJORITÉ.
ILS ONT LE VENT EN POUPE À CAUSE DE L'ATTAQUE DES "NUMBERS".
......
LE REPRÉSENTANT DU "PARTI MODÉRÉ", LE CARDINAL LAYDOCK, A RÉUSSI À LES CALMER, MAIS...
BIENTÔT, NOUS NE POURRONS PLUS RETENIR "LE PARTI RADICAL".

MA SŒUR... PUIS-JE VOUS POSER UNE QUESTION ?
VOUS ÊTES QUEL-QU'UN DE SAGE...
VOUS POURRIEZ FAIRE APPARAÎTRE SA "FORCE" SI VOUS LE SOUHAITIEZ ?
PI ピッ
CE QUE NAGISA AKIRA A BESOIN...
C'EST D'UNE PRISE DE CONSCIENCE ET DE PROTECTION.
VOUS, LA "SAINTE FEMME PLEINE DE SAGES-SE"...
JE N'ARRIVE PAS À CROIRE QUE VOUS N'Y AVIEZ PAS PENSÉ AVANT.
JE VOUS SALUE...
MARIE PLEINE DE GRÂCE...
OH, LA DEMOISELLE CHANTE ENCORE !

AKIRA... ?
ジリリリリ
JIRIRIRIRI
GYAAAAA
カチッ
KACHI
ニュ〜〜
NYUUU
QUAND J'AI PEUR, JE MAIGRI.
は
HAA
は
HAA
AH, KURUZÔ...
C'ÉTAIT JUSTE MON IMAGINATION, HEIN... ?
キュッ
KYU
キュッ
KYU

TU ES TROP COURAGEUSE DE FAIRE LE MÉNAGE VU COMMENT ÇA CAILLE.
KYU
KYU
OUI, MAIS JE NE PEUX LE FAIRE QU'EN DEHORS DES HEURES DE COURS.
SEISHIRÔ M'A DEMANDÉ DE NE PAS FAIRE ÇA...
KYU
KYU
GUCCHARI
JE PENSE QUE C'EST POUR UNE AUTRE RAISON QU'IL TE L'A DEMANDÉ.
JE N'AI PAS ENVIE...
DE RESTER ICI SANS RIEN FAIRE...
AKIRA... TU ES DANS CETTE ÉGLISE DEPUIS HUIT ANS, C'EST ÇA ?

OUI.
L'ÉGLISE BETHLÉEM EST MA MAISON.
T'ÉTAIS OÙ AVANT ?
?
AVANT CELA...
KASA
JE NE ME SOUVIENS PAS...
AKIRA N'A AUCUN SOUVENIR AVANT SES HUIT ANS.

QUE S'EST-IL PASSÉ… ?
……
C'EST À CAUSE DE NOUS…
ENFIN, À CAUSE DE MOI.
IL Y A HUIT ANS, IL Y A EU UN ACCIDENT…
OOOOOOO…

KARAN
KU !...
AKIRA...

LE DOCTEUR M'A DIT QUE...
C'ÉTAIT UNE "AMNÉSIE RÉTROGRADE".
CETTE MALADIE EST CAUSÉE PAR UN CHOC PSYCHOLOGIQUE.
TU EN SOUFFRES ?
HUUUM ....
うーん
MAIS...
J'AI CETTE MONTRE...
C'EST LA SEULE CHOSE QUE JE POSSÈDE D'AVANT MON AMNÉSIE...
ELLE ME RAPPELLE QUE J'AI PEUT-ÊTRE UNE FAMILLE QUELQUE PART...
......
COMME J'AI OUBLIÉ LE FAIT D'OUBLIER ...
PAS TROP, DU COUP...
OH !! ELLE A ÉTÉ RÉPARÉE !?!

AUSSI LONGTEMPS QUE JE POURRAI REGARDER LE CIEL...
JE SAIS...
QUE J'AURAI UNE CHANCE DE LES RENCONTRER UN JOUR.
LA MONTRE QUI S'EST MISE EN MARCHE AU MOMENT DE MA RENCONTRE AVEC CHROME...
COMME CETTE MONTRE BRISÉE...
JE SENS QUE MON TEMPS AUSSI VA SE REMETTRE EN MARCHE...
SI JE RESTE PRÈS DE CHROME...

... AÉROPORT INTERNATIONAL DE TOKYO, HANÉDA
IL N'Y A PAS DE VISIBILITÉ À CAUSE DE LA TEMPÊTE DE NEIGE...
DEVONS-NOUS TOUT DE MÊME FAIRE NOTRE RAPPORT RÉGULIER AU COMMANDANT HARRY ?
ATTENDS ! JE VOIS UN AVION PRIVÉ ?
ÇA DOIT ÊTRE UNE STAR, OU... ?

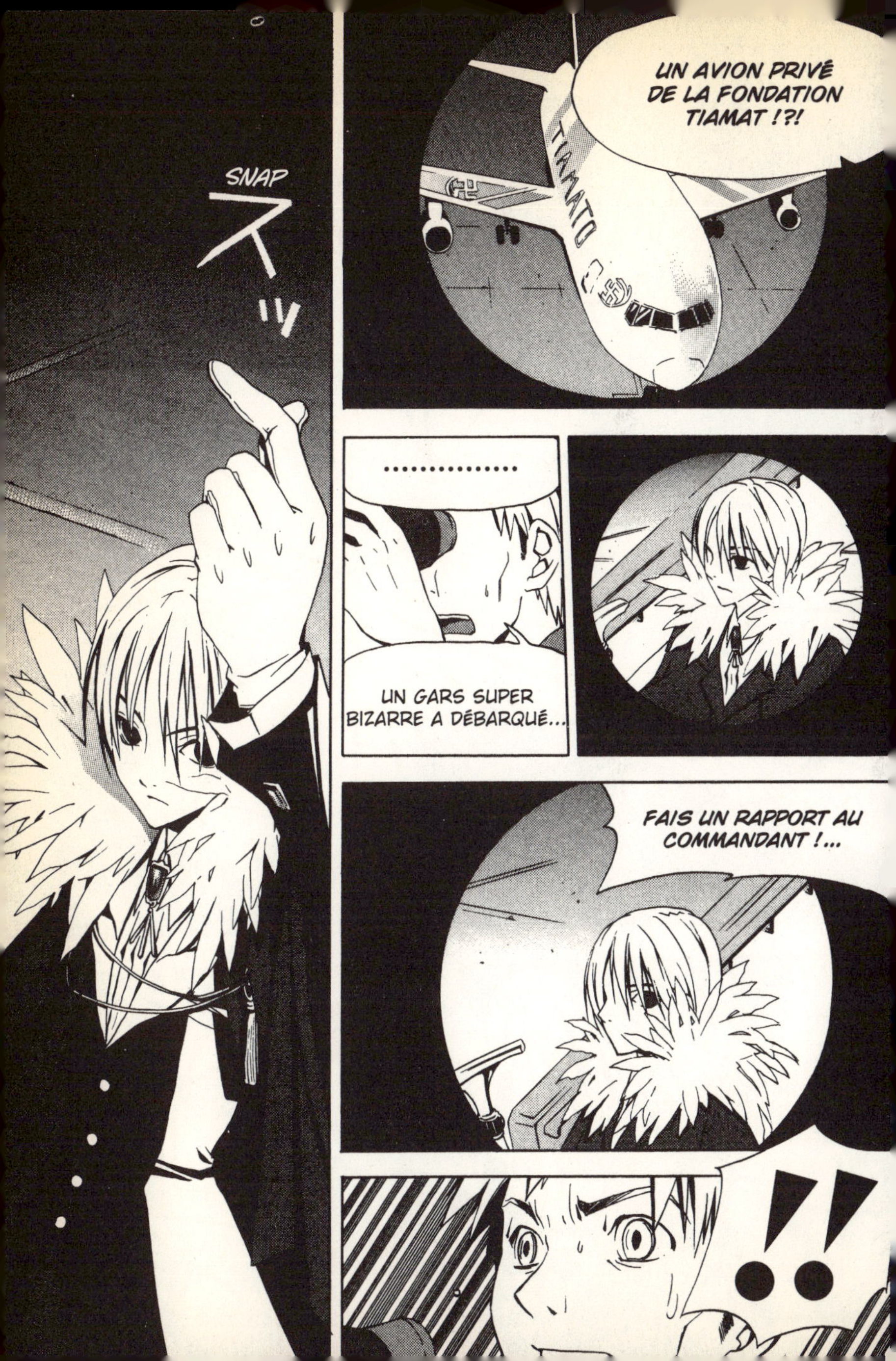
UN AVION PRIVÉ DE LA FONDATION TIAMAT !?!
TIAMATO
....
UN GARS SUPER BIZARRE A DÉBARQUÉ...
FAIS UN RAPPORT AU COMMANDANT !...
!!
SNAP
スッ

パチン
CLAP
GUWAH
!?
BIKI
BIKI

AH… ARRÊTE CHROME…
OOOOOOO
MON CORPS VA…
LE SCEAU… VA ÊTRE LEVÉ !!
パア PAA
IL EST…
ARRIVÉ…

ゴゴ
GOGOGOGOGO
KOTSU
コッ
KOTSU
コッ
UH !...
MON... MONSTRE...
MON... DIEU...

SHUUU
NOMME TON DIEU EN QUI TU AS FOI...
IL PROVOQUERA TA MORT.

SU
ス
ッ
SAIAS,
IL EST L'HEURE...
D'ALLER
CHERCHER
LA MARIÉE.
ZAA
ア

ALLONS-Y...
ゴゴ
COCOCOCOCO
ゴ
ゴ
ゴ

HAAA...
POF...
......
JE VOULAIS EN DONNER À CHROME...
BARABARABARABARA
?
IL Y A DU BRUIT DEHORS... ?
BAN

"FILLE DE MARIE".
VIENS AVEC NOUS.
QU'EST-CE QUE VOUS FAITES ?! LÂCHEZ-MOI... !
LÂCHEZ-MOI !
AKIRA !!
NOUS AVONS "LA FILLE DE MARIE".
SEISHIRÔ.
MAIS QU'EST-CE QUE...?!
C'EST MOI QUI AI COMMANDITÉ TOUT ÇA...

AKIRA.
NOUS DEVONS VOUS ARRÊTER.
KYÔKO !?!
!?
NOUS N'AVONS PLUS DE CONTACT AVEC LES HOMMES DU COMMANDANT BASÉS À HANÉDA.
"ILS" ONT MIS L'AÉROPORT À FEU ET À SANG.
ILS NE RIGOLENT PAS.
NOUS DEVONS RASSEMBLER TOUTES NOS FORCES CONTRE EUX.
C'EST IMPOSSIBLE...
ILS ONT EXPLOSÉ HANÉDA... MÊME NOS FORCES SPÉCIALES NE POURRONT LES ARRÊTER !!!
L'ENNEMI EST UNE VÉRITABLE ARMÉE !?!
CELUI QUI VEUT TUER AKIRA...
CET ENNEMI...

NOTRE ENNEMI À TOUS...
EST...
UN DÉMON.

BARABARABARA
C'EST ÇA... L'ÉGLISE BETHLÉEM OÙ SE TROUVE "LA FILLE DE MARIE" ?
C'EST MOOOCHE...

DIS, SAIAS, ÇA VALAIT VRAIMENT LE COUP QU'ON SE DÉPLACE ?
MOI, JE VOULAIS VOIR LE MATCH DE LA JUVENTUS.
FUFU
PEUT-ÊTRE QU'ILS SE MOQUENT DE NOUS.
PUISQU'ILS ONT BATTU UN DES JUMEAUX "NUMBERS".
HEEEIN
C'EST PARCE QU'ILS SONT FAIBLES !
LIRIKA ET L'AUTRE.
JE N'OUBLIERAI JAMAIS...
GIRI
JE NE T'OUBLIERAI JAMAIS... !!

TAKAGI CHROME !! !
UN DÉMON... ?
ILS NE SONT PAS COMME CEUX DE LA BIBLE OU DES LÉGENDES, FAIBLISSANT DEVANT DE L'EAU BÉNITE OU UN CRUCIFIX.
C'EST UN VÉRITA-BLE...
ONSTRE.
MAIS MOI...
JE NE POSSÈDE PAS CETTE "FORCE"...

GIRI
C'EST À MOI DE TE PROTÉGER.
ÇA, C'EST MON TRAVAIL...

SAIAS !! C'EST...
JE T'AI TROUVÉ...
BELZÉBUTH.
Bullet: 03 END

COBAA
DON
DOON
"TESTAROSSA" EST ENTRÉ EN CONTACT AVEC L'ENNEMI !!
IL EST ENTRÉ AU COMBAT...
INCENDIE AU POINT E...
......
ÇA A ENFIN COMMENCÉ...

LA BATAILLE POUR "LA FILLE DE MARIE" !!!
CHROME BREAKER
Bullet; 04

SAINTE MARIE.
PROTÈGE-NOUS DU MAL.
C'EST MOI QUI TE PROTÈGE.
CHROME.
POURVU QUE TU T'EN SORTES...

ドオオン DOON
ドーン DOON
……
POURQUOI SUIS-JE LE SEUL À DEVOIR RESTER LÀ !?!
TU CONNAIS LA FONDATION TIAMAT ?
JE CROIS QU'IL S'AGIT D'UN GRAND GROUPE QUI S'EST DÉVELOPPÉ DANS LE MONDE ENTIER…
POURQUOI… ?
LA DÉESSE TIAMAT… ÉTAIT DANS LA MYTHOLOGIE MÉSOPOTAMIENNE, LA MÈRE DE TOUS LES DÉMONS.
CELUI QUI EST À LA TÊTE DE CE GROUPE N'EST PAS UN ÊTRE HUMAIN.
LE CHANCELIER SAIAS DIRIGE UN GROUPE DE DÉMONS APPELÉS…
LES NEUF DUCS…

UN HUMAIN NE PEUT LES BATTRE.
......
TU COMPRENDS, SEISHIRÔ ?
AUSSI APPELÉS LES "NUMBERS".
CHACUN DE CES DÉMONS POSSÈDE UNE GRANDE "FORCE".
ÇA NE SENT PAS BON...
CETTE FILLE... NOUS N'AVONS AUCUN RENSEIGNEMENT SUR ELLE DANS NOTRE BASE DE DONNÉES.
FAIT-ELLE PARTIE DES HAUTES SPHÈRES ?
ET PUIS LE CHEF D'ÉTAT-MAJOR...
LE PREMIER MINISTRE SAIAS LUI-MÊME...
FAIS GAFFE, CHROME !!
HYUOOO

DON
OOOOO
POUR UN CROIX DE SANG, JE M'ATTENDAIS À MIEUX.
UNE TELLE ATTAQUE SUR MON OMBRE...
NE SERA PAS EFFICACE SUR MA "HACHE DE MINOTAURE".
KIN
KIN
......
DOGO

CE PETIT A UNE OMBRE IMMENSE !
GASHA
ÇA SE TRAÎNE, CHROME !
OOOOO...
TU VEUX LEVER LE SCEAU ?
AKIRA EST EN DANGER !!
GOGOGOGOGO

......!?
DON
"FILLE DE MARIE".
GOGOGOGOGO
JE SUIS VENU TE CHERCHER.
ZA
RÉPONDEZ.
ÉQUIPE BRAVO.
ZA
ZA
RÉPONDEZ..
CE...
N'EST PAS UN ÊTRE HUMAIN ?!...

BAKI
BAKI
ALLONS-Y.
......
GYU
CHROME.
DON
GWAAA
......?
YO ! AKIRA, TU AS L'AIR SAINE ET SAUVE !!!

CHROME.
KURUZÔ.
TU ES VRAIMENT EN DANGER, LÀ.
UNE BALLE DE 50 MM AURAIT DÛ LUI FAIRE QUELQUE CHOSE À CE DÉMON, NON ?
UH...
BOTA BOTA
C'EST LA FIN.
JIKI
AH AH...
AH AH AH...
QU'EST-CE QUI TE FAIT RIRE ?
OUI, C'EST LA FIN...
MAIS LA TIENNE !!!

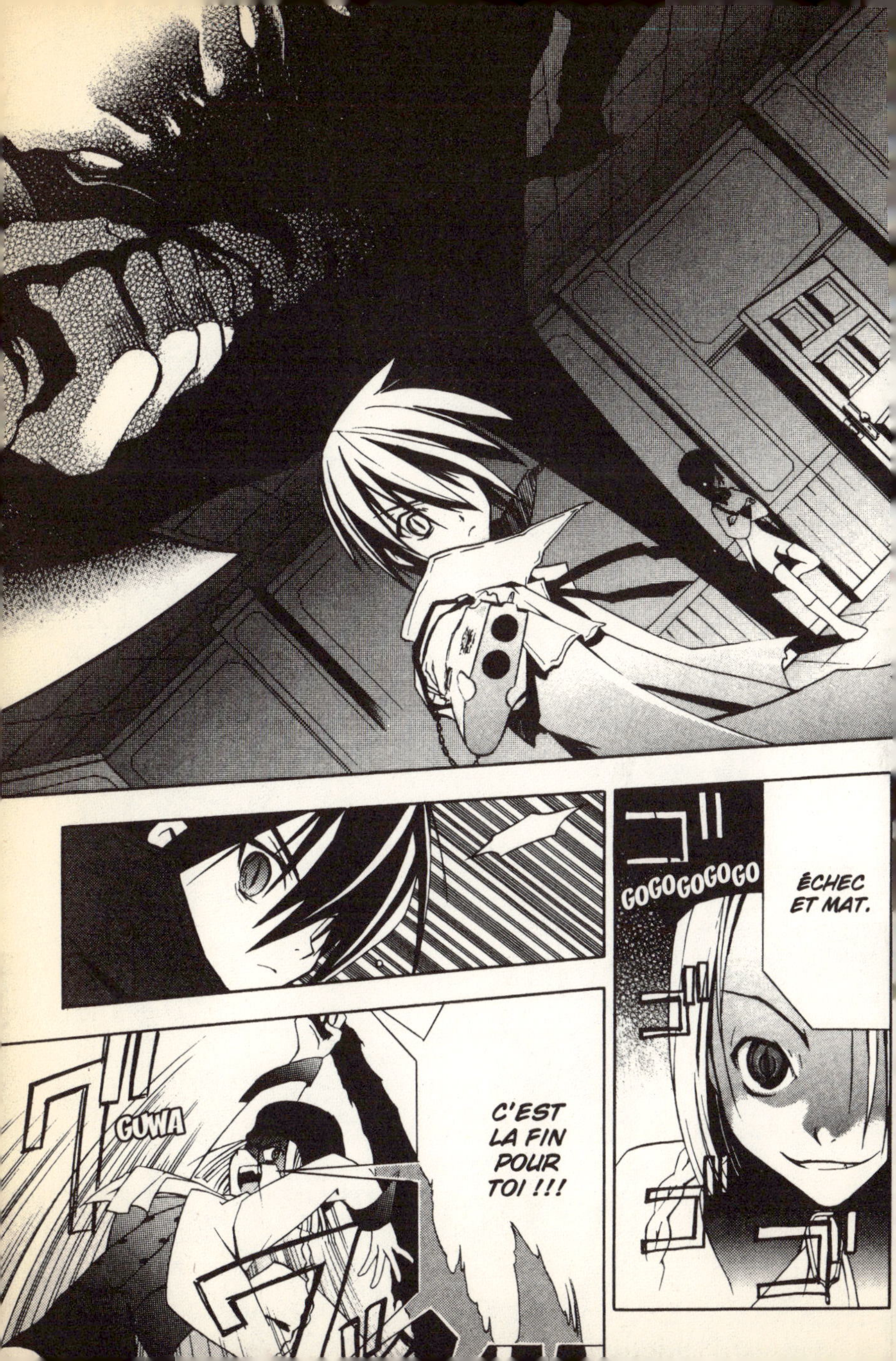

ÉCHEC ET MAT.
GOGOGOGOGO
C'EST LA FIN POUR TOI !!!
GUWA

DOGO
ZUN
HA ! C'ÉTAIT ASSEZ SURPRENANT POUR UN CROIX DE SANG.
COMME D'HABITUDE, TES ATTAQUES N'ONT RIEN D'ÉLÉGANTES.
KOKi
KOKi
T'ES TROP FAIBLE.
JE... JE NE SUIS...
QU'UNE ARAIGNÉE.
JE SUIS SPÉCIALISÉ DANS LE COMBAT D'ESPION-NAGE !!
TU Y AS ÉTÉ UN PEU FORT...
GOGOGOGOGO
J'ESPÈRE QUE "LA FILLE DE MARIE" N'EST PAS MORTE...
SI ELLE EST JUSTE VIVANTE, C'EST BON, NON ?
PARCE QU'ON NE M'A PAS DEMANDÉ DE LA RAMENER SAINE ET SAUVE...

NOUS PACTISONS AVEC LES TE
NOUS PACTISONS AVEC LA MORT.
HÉ, TU M'AS FAIT PEUR, AKIRA EST AVEC NOUS, AUSSI !!
PUN
PUN
BAN
C'EST IMPOSSIBLE...
IL N'A AUCUNE BLESSURE ?!
SI LA LEVÉE DU SCEAU S'ÉTAIT FAITE UNE FRACTION DE SECONDE EN RETARD, TU N'AURAIS PAS PU NEUTRALISER LEUR ATTAQUE.

MON OMBRE "HACHE DE MINOTAURE" A LA MÊME PUISSANCE QU'UN HELLFIRE "AGM-114" !!
ET IL L'A NEUTRALISÉE AVEC UN SIMPLE PISTOLET !!!
QUI ES-TU ?!
!!
SES YEUX SONT IDENTIQUES À CEUX DE...
POUR-QUOI ?!
POURQUOI PROTÈGES-TU LES HOMMES...
BELZÉ-BUTH...

!?
GOGA
AMEN

CHROME L'A FAIT... ?
......

TOKUN
GO
...
BiKi
CHROME !!
BiKi
BiKi
......!!

ZOKU
L'AIR A CHANGÉ... ?

GO
ENFIN TU ES LÀ...
GO
L'AIR EST LOURD...
JUSTE AUTOUR DE LUI...
GO
ÇA FAISAIT LONGTEMPS...
BELZÉBUTH.
JAKI

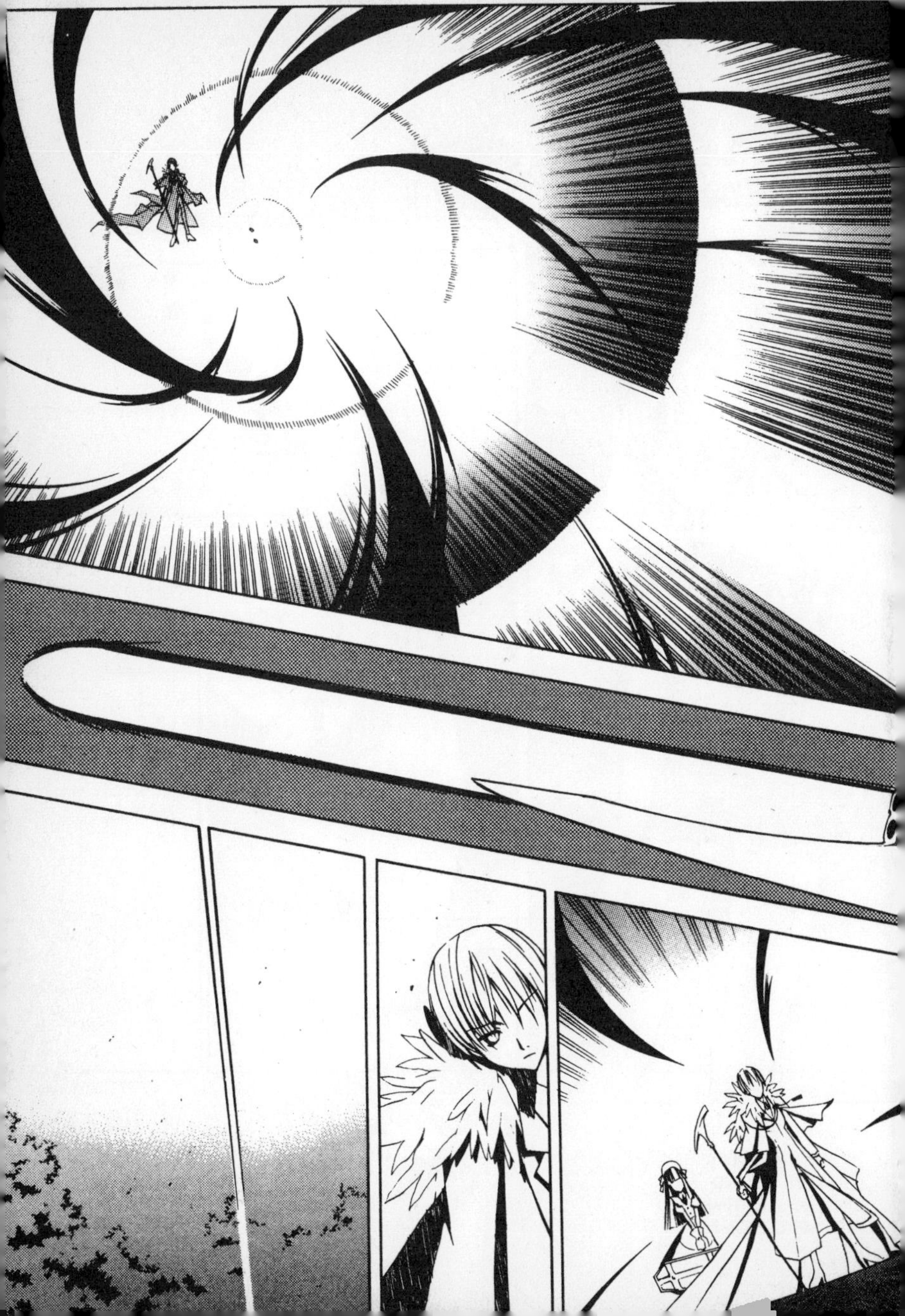

LIRIKA !!
GASA
MERDE... MAIS...
QUI EST-IL... ?
BIEN...
VOILÀ CE QUI ARRIVE QUAND ON SOUS-ESTIME TAKAGI CHROME.

MON PLAN SE DÉROULE COMME PRÉVU, MAIS IL N'EST PAS MORT.
LE TRAVAIL SERA PLUS FACILE.
QU'EST-CE QUE TU RACONTES ? AIDE-MOI !!
TON
......
TU SAIS POURQUOI "N° 8" N'EST PAS VENU CETTE FOIS ?
...?
MAIS QU'EST-CE QUE TU RACON-TES... ?
IL A L'AIR D'AVOIR BON GOÛT...
TU ES... TU... IMPOS-SIBLE...
DO
"MAN-GEUR DE POU-VOIR"...

TSS... !! CHROME, ÇA NE VA PAS LE FAIRE...
......
CONTRE "IRON MAIDEN" LA N° 4.

GO
PRRRFFF
POURQUOI ?
...
SU
GIRI
BIKI
...!
...
BIKI
GIRI

POURQUOI NE ME MONTRES-TU PAS TON VRAI VISAGE...
POURQUOI M'AS-TU QUITTÉ ?
GOGOGOGO
POURQUOI CACHES-TU TA VÉRITABLE FORCE ET TON APPARENCE ?
POURQUOI FAIS-TU SEMBLANT D'ÊTRE UN HOMME ?
BELZÉBUTH ?!
"TESTAROSSA" DE LA CROIX DE SANG...
TAKAGI CHROME.
BELZÉBUTH ?!
JE SUIS...

!!
DON
MEKYA
AH... !
... !!
GOSHA
CHROME !!!
N'APPROCHE PAS !!!
BIKU
NE VIENS PAS PAR LÀ !!!
MAIS...
....

C'EST PARCE QUE "LA FILLE DE MARIE" EST HUMAINE...
QUE TU VEUX LA PROTÉGER SOUS UNE FORME HUMAINE, N'EST-CE PAS ?
ÇA N'A RIEN À VOIR...
POTA
POTA
......
POUR ME PROTÉGER... ?
JE... SUIS UNE GÊNE POUR CHROME...
CHROME...
DA
VITE...
IL FAUT S'ENFUIR VITE.

JE VAIS LA SUIVRE.
SU
HAA
HAA
HAA
BO
!?
BO
BO
BO
OOOO
PAKI
GUWA
PAKI
PAKI

AKIRA, DÉSOLÉ D'ÊTRE EN RETARD !!
SEISHIRÔ !!
DON
DON
JE RESTE ICI, TOI, VA VITE AUPRÈS DE KYÔKO !!
TA
D'AC-CORD... !
MERCI BEAUCOUP.
TU JOUES AVEC LA VIE, SEISHIRÔ.
GASHA
MON CHEF T'A DÉJÀ DIT D'ARRÊTER D'AGIR À TA GUISE.
DÉSOLÉ...
MAIS JE T'ÉCOUTERAI UNE FOIS QU'ON SE SERA DÉBARRASSÉ DE CES MONSTRES.
OOOOO
OUI !!

LES "DOLLS" ONT ÉTÉ ÉLIMINÉES.
NON, JE M'EN FOUS, LAISSE-LES.
VEUX-TU EN ENVOYER D'AUTRES À LEURS TROUSSES ?
.........?
HAA HAA
TON BUT N'EST PAS "LA FILLE DE MARIE" !?!
C'EST LA VOLONTÉ DE TROIS ANCIENS.
CELA NE ME CONCERNE PAS PARTICULIÈREMENT.
TOUT CE QUI M'INTÉRESSE, C'EST TOI.

BELZÉBUTH.
TU DEVRAS REVENIR VERS MOI.
"AVEC "LA FILLE DE MARIE".
SU...
ET POUR CLÔTURER LE SPECTACLE, JE VAIS TE DIRE LA VÉRITÉ.
LAISSE-MOI BRISER TA DERNIÈRE CHAÎNE.

OOOOO
QU'EST-CE QUE CETTE LUMIÈRE NOIRE ?
TOUS LES MOYENS DE COMMUNICATION ONT ÉTÉ COUPÉS !
GAA
MÊME LE RELAIS SATELLITE...
QUE SE PASSE-T-IL... ?
OOOOO
CETTE LUMIÈRE ABOMINABLE...
C'EST PAS VRAI !! LE SCEAU DE L'ENFANT VA ÊTRE LEVÉ !?!

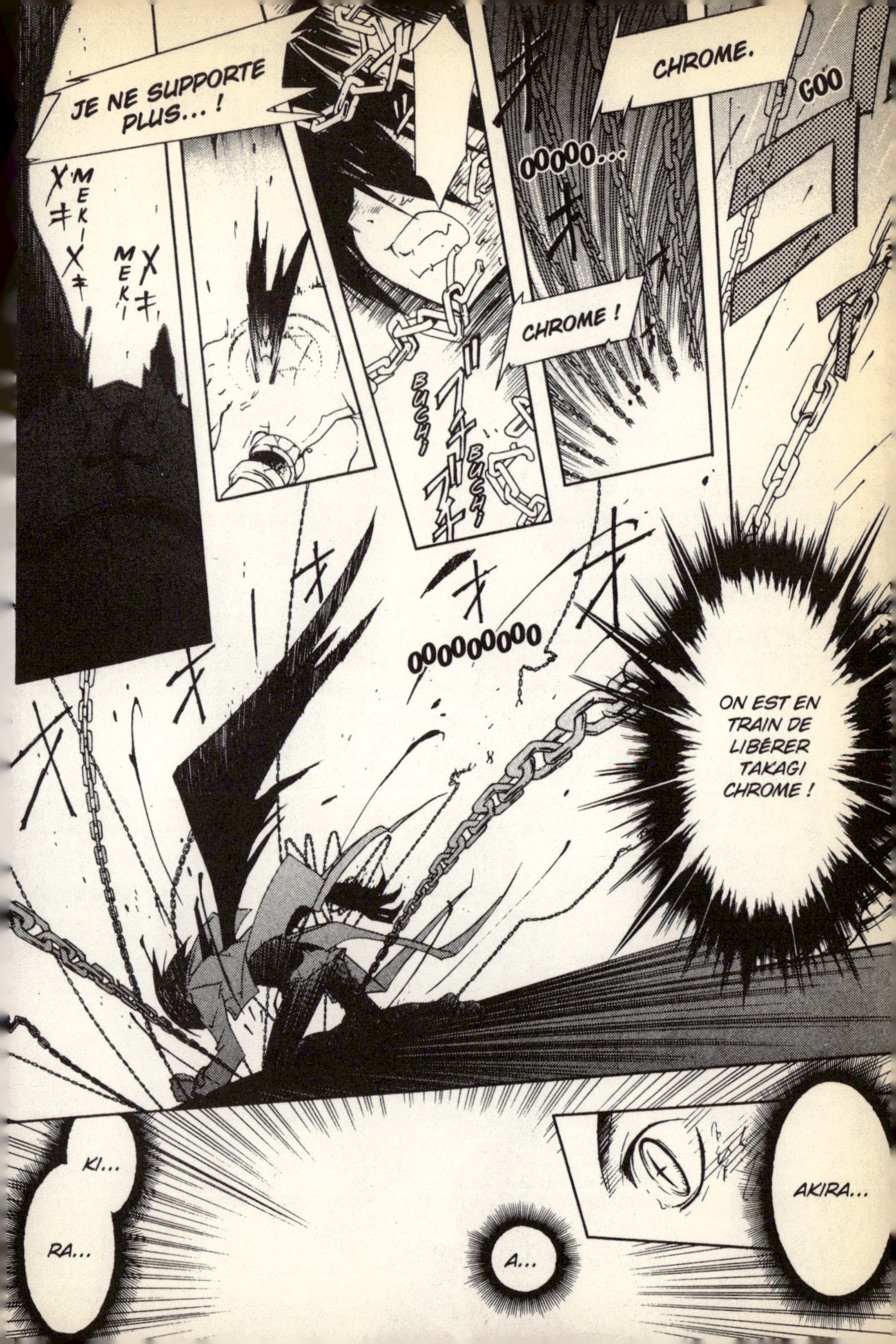
CHROME.
GOO
OOOOO...
CHROME !
BUCHI
BUCHI
JE NE SUPPORTE PLUS... !
MEKI
MEKI
OOOOOOOOO
ON EST EN TRAIN DE LIBÉRER TAKAGI CHROME !
AKIRA...
A...
KI...
RA...

DÉ...
SOLÉ...
OOOO
...
CHROME M'APPELLE...
C'EST PRÊT ?
OUAIS...
LE "MISSILE ANTI-DÉMONS"...
EST PRÊT !

GOOOOOOOOO
LÂCHEZ-MOI !
CHROME EST LÀ DEDANS ... !!
NON AKIRA !!
IL N'EST PLUS TAKAGI CHROME ...
À PRÉSENT.
OOOOOO
C'EST UN DÉMON.

GOOOOOOOOO
OOOOOOO...
MAIS...
PEU IMPORTE SON APPARENCE.
CHROME...
SERA TOUJOURS CHROME.
C'EST À MOI DE LE PROTÉGER.
DA
AKIRA...
OOOOOOO

MES MAINS...
MES PIEDS...
TOUT MON CORPS CHANGE À UNE VITESSE INCROYABLE...
C'EST... FINI...

CHROME...

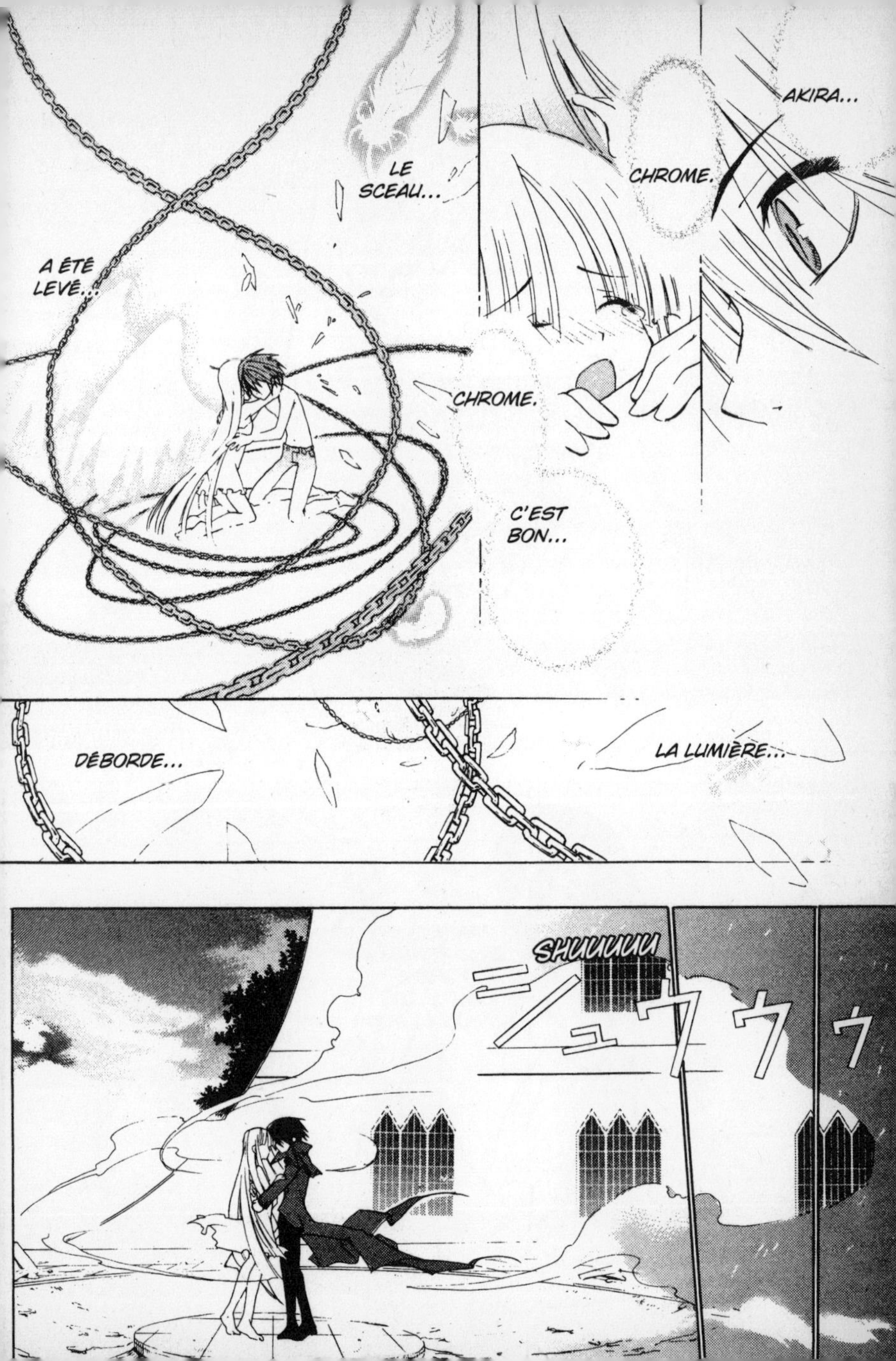
AKIRA...
CHROME.
LE SCEAU...
A ÉTÉ LEVÉ...
CHROME.
C'EST BON...
LA LUMIÈRE...
DÉBORDE...
SHUUUUU
ニュウウウ

BIENVENUE PARMI NOUS.
CHROME.
AKIRA...
MERCI...
AKIRA... "LA FORCE" DE CETTE FILLE EST...
NON... NOUS DEVONS REMERCIER UN MIRACLE.
PARCE QUE LA VÉRITABLE ÉPREUVE COMMENCE MAINTENANT...
FINALEMENT SON TOUR N'EST PAS VENU.
TANT MIEUX SI ÇA SE TERMINE COMME ÇA.

SAIAS...
CECI EST LA PREUVE QUE LES CHAÎNES DE BELZÉBUTH SONT BIEN UTILES.
FLAP
LE RIDEAU EST MAINTENANT LEVÉ...
FLAP
FLAP
ÇA S'EST PRODUIT GRÂCE À LA FORCE DE "LA FILLE DE MARIE"...
FAISONS MONTER LA SAINTE PRINCESSE SUR LA SCÈNE.
Bullet:01 END

CHROME BREAKER VOL. 1

Presented by Chaco Abeno

To be continued

SOLEIL
MANGA

Écrivez-nous à :
Soleil Manga
25, rue Titon
75011 Paris - France
manga@soleilprod.com

Titre original : CHROME BREAKER Volume 1

First published in Japan in 2006 by KADOKAWA SHOTEN Publishing Co., Ltd., Tokyo.
French translation rights arranged with KADOKAWA SHOTEN Publishing Co., Ltd., Tokyo
through TUTTLE-MORI AGENCY, INC., Tokyo.

15, bd de Strasbourg
83000 Toulon - France
Conception et rélisation graphique : Studio Soleil
Traduction : Sano Yasuhito & Charles Ardaillon
Lettrage : Studio Charon
Dépôt légal : Septembre 2010
ISBN : 978-2-30201-224-0
Impression : Ercom - Italie

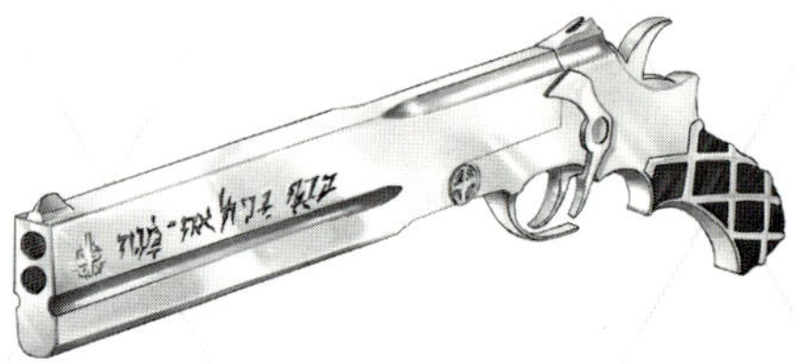